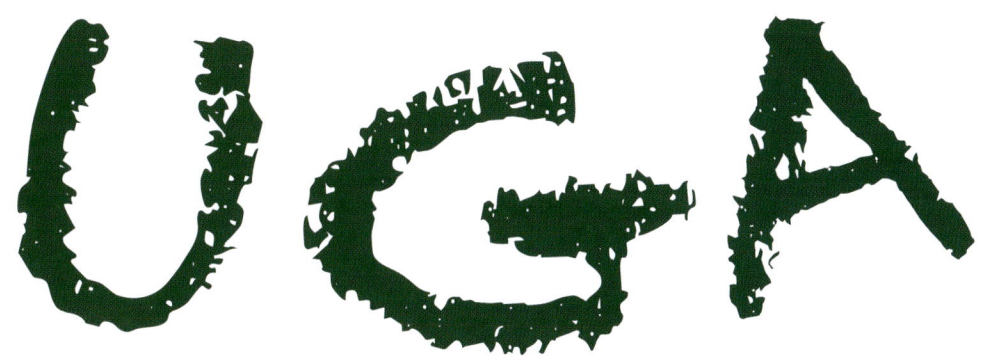

A fantástica história
de uma amizade daquelas

KAKÁ WERÁ JECUPÉ

Ilustrações de Taisa Borges

EDITORA
Peirópolis

Uga existiu de verdade e houve uma época em que uma pequena guria chamada Luiza cuidou dela em sua casa. Elas batiam altos papos.

Dedico esta história a Luiza.

Passo, passo, passo, passo.

Passinho, passinho, passinho, passinho.

Passo, passo, passo, passo.

Passinho, passinho, passinho, passinho.

Assim caminhavam
dois grandes amigos.

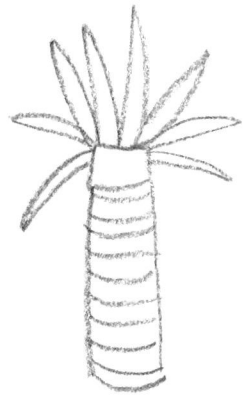

Sabe aquela pessoa em quem se pode confiar de olhos fechados? Aquele amigo que topa qualquer coisa?

Sabe aquele tipo de amizade em que não há segredos? Amigos pra todas as horas, as difíceis e as boas também?

Eles eram assim: o jabuti Jabu e a tartaruga Uga.

Passos bem ritmados por uma forte amizade.

Jabu nasceu nas areias do rio, ouvindo a música das águas doces, bem perto dos igarapés. Vizinho de botos, jacarés, pirarucus e outros bichos de nomes estranhos que, na maioria das vezes, ele achava perigosos, embora não estivesse tão certo disso.

Uga nasceu nas areias quentes da praia, ouvindo as ondas do mar, que vez ou outra lhe banhavam o casco com sabor de sal e luz do sol. Aquilo lhe dava uma moleza gostosa e, com o tempo, foi também trazendo uma tranquilidade na voz.

Se conheceram em tempo já bem antigo na memória, quando se tornaram vizinhos em uma região calma, sombreada de gigantescas árvores milenares.

Parece até que já faz séculos, mas não faz. É que a vida para os quelônios — como são chamados — passa devagar.

Inclusive, já fazia muitas horas que eles estavam caminhando em silêncio.

Os passos estavam quase adentrando o entardecer.

— Parece que está longe ainda, não é, Jabu?

— Sim. Mas está longe demais. Está um longe que nunca chega. Sabe, Uga, parece que fomos enganados!

— Será?

— Já vimos o sol amanhecer lá atrás e agora ele está prestes a sumir ali adiante e não chegamos ainda. Meu Deus, de quantas rochas tivemos que desviar! E esse matagal todo atrapalhando a nossa visão. Não é possível, quando a gente pensa que está perto, aparece mais trilha pela frente. Já não resta dúvida de que fomos enganados.

— Mas ela é minha amiga e disse que era perto. Eu confio nela. Ela disse que vai lá muitas vezes ao dia. Será que pegamos o caminho errado?

— Uga, o endereço não é a "Trilha da cotia"?

— Sim.

— Pois bem, a outra era a "Trilha do tatu" e esta é a "Trilha da cotia". Estamos no local indicado.

— Verdade.

— Fomos enganados, Uga. Meu Deus, estou com muita raiva! Meu casco está pesando mil quilos agora. Cansei.

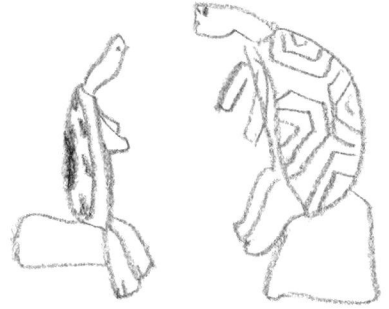

— Cansei também, **Jabu**. Estou decepcionada com a **Leta**. Jamais imaginei que ela poderia fazer uma coisa dessas.

— Também pudera! Você confia em todo mundo.

— Mas ela sempre foi gentil comigo, sabe, **Jabu**? Todos os dias a gente costuma se encontrar na beira do oco do tronco do juremá para falar sobre mil coisas. Ela declama poesia, cantarola às vezes, tem umas ideias filosóficas a respeito do destino das águas que caem do céu. Sabia que tem uma teoria de que as águas do rio voam para o céu? Elas ficam invisíveis e voam...

— Meu Deus, **Uga**! Ideias filosóficas a respeito de quê? Pare com isso, **Uga**! Você acredita que água voa? Filósofa? Que ingênua você é, **Uga**! Pura enrolação. Ela estava preparando o bote.

— Bote? Mas ela não é uma cobra.

— Modo de dizer, sua boba! Força de expressão. Ela armou tudo. Veja só: primeiro, ela te engambelou se fazendo de filósofa; depois, conquistou sua amizade; então, quando ganhou sua confiança, aproveitou para te passar o mau caminho.

— Jabu, o que é "engambelou"?

— "Engambelou", Uga, é do verbo "engambelar". Ludibriar. Enganar. Burlar. Blefar. Defraudar. Fazer quelônios, como nós, de peixe-palhaço! Entendeu?

— Nossa, Jabu, ela fez tudo isso comigo!?

— Meu Deus! Como você é ingênua, Uga! Você se abre com todo mundo. Tem um casco grande, mas vive se abrindo para todos os bichos que vê, para qualquer um que passa na sua frente. Vou te contar uma coisa, Uga, coisa séria, mas muito séria mesmo. O mundo aqui fora é mau. É perverso. Quando você põe o pescoço para fora, tem que fazer isso com muito cuidado. Tem que olhar para todos os lados.

— Para todos os lados, Jabu?

— Sim. Senão o jacaré te apanha, o pirarucu te belisca, a piranha te morde, o sapo te engole. Tem que desconfiar de tudo, menos dos nossos parentes, os quelônios.

— Sério, Jabu? E como você sabe disso?

— Minha mãe me falou.

— Nossa! E quem falou isso para a sua mãe?

— A minha vó. E ela conhece o mundo desde que o mundo é mundo.

— Jabu, a minha mãe nunca me disse isso.

— E o que a sua mãe costuma dizer para você? Ela não te orienta, Uga?

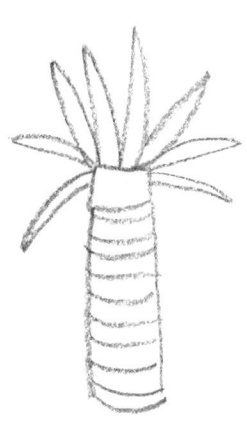

— Sim. Ela me diz que é bom fazer amizade com todos os tipos de bichos, que cada um tem uma sabedoria própria, que podemos aprender muito com aqueles que são diferentes de nós. Ela diz também que, quando temos muitos amigos, uns ajudam os outros e formam uma corrente, que ela chama de um nome esquisito: so-li-da-ri-e-da-de.

— Solida-o-quê? Uga, sua mãe não é deste mundo. Meu Deus, quanta ingenuidade! Você acreditou?

— Claro! Nós sempre acreditamos na nossa mãe. Você não acredita na sua?

— Claro, né, Uga? Mas acontece que a minha mãe não é ingênua. Quer saber de uma coisa? Daqui a pouco o sol vai embora e nós teremos que ficar por aqui. Porque, pelo jeito, não existe lugar nenhum para chegar. Tudo isso porque você confiou demais em alguém que não é um quelônio. Isso é para aprender, só confie na sua espécie.

— Sabe de uma coisa, **Jabu**? A esperança é a última que morre. Vamos tentar mais uma vez, antes que escureça. A minha amiga **Leta** sempre foi tão solícita, tão poeta, tão...

— Filósofa... Ah, se você não fosse muito minha amiga, eu ia te deixar caminhar sozinha. Só quero saber o que falta acontecer para sua cabecinha entender a realidade dos fatos. Mas vamos lá!

Passo, passo, passo, passo.

Passinho, passinho, passinho, passinho.

Passo, passo, passo, passo.

Passinho, passinho, passinho, passinho.

— Cansei.

— Eu também.

— Vamos voltar?

— Voltar? Você está louca, Uga! Voltar para onde? Quem anda para trás é caranguejo, e eu sou um jabuti. Os jabutis são perseverantes, são caminhantes, são destemidos, são insistentes, jamais andam para trás, jamais desistem.

— Mas... e se não existir o lugar aonde queremos chegar? E se não houver a jabuticabeira com aquelas jabuticabas saborosas que minha amiga Leta falou que havia nesta trilha? E se não existirem aquelas frutinhas pretas espalhadas pelo chão e agarradas ao tronco da árvore, aos milhares?

— Hummm, pode parar! Só de você falar já me dá água na boca. Agora está me dando ainda mais fome e mais raiva da sua suposta amiga, que te enganou só para te fazer sofrer de vontade e se perder no caminho. Sabe de uma coisa, Uga? Eu acho que essa sua amiga deve ser mesmo é uma amiga da onça. Ela deve ter combinado com algum felino por aí de fazer andarmos quilômetros mata adentro até cansarmos e virarmos jantar! Só pode! Acho que esta trilha, na verdade, é a trilha aonde a onça vai beber água e depois comer quelônios.

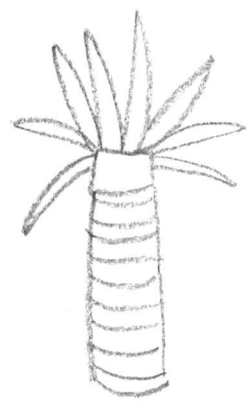

— **Jabu**, não fala assim! Agora, estou quase ficando com medo.

— **Uga**, desculpa, eu não quero te assustar, só estou falando a realidade dos fatos.

— Mas que realidade dos fatos, **Jabu**? Olha só como a estrada ainda vai adiante. Tem muito chão pela frente.

— Meu Deus! O que mais falta acontecer? Olha só à sua volta, **Uga**. Você vê algum pé de jabuticaba? Você vê algo além de trilha, trilha, trilha? Sabe de uma coisa? Estamos perdidos.

— Perdidos, **Jabu**?

— Perdidos, **Uga**.

— Para sempre?

— Para sempre.

— Estou com medo.

— Estou com raiva.

— Jabu, quanto tempo é para sempre?

— É uma coisa que não acaba mais, Uga. É andar noites e dias sem que eles nunca deixem de passar. Ah, é muito difícil de explicar!

— Nossa! Você está com raiva de mim, Jabu?

— Não, Uga. Eu estou com você. Somos amigos. Se a gente tiver que ficar andando para sempre sem chegar a lugar algum, saiba que eu estarei com você. Estou com raiva dessa sua amiga que te enganou, que abusou de sua confiança.

Foi quando ouviram um barulho de asas se aproximando, vindo do céu.

— Oiiii, gente! — Era a borboleta **Leta**, com o seu colorido par de asas, que refletia a luz da tarde sobre elas.

— Meu Deus! — disse o jabuti, enfiando a cabeça dentro do casco, não se sabe se de raiva ou de susto.

— Oiii, gente! — sorriu a borboleta **Leta**, procurando um lugar para pousar, até encontrar uma folha perto dos dois quelônios. Sem palavras e com os olhos arregalados, **Uga** enfiou-se casco adentro, recolhendo, inclusive, as pernas, transformando-se naquela coisa silenciosamente dura feito pedra no meio do nada.

— Oi, pessoal! Tudo bem? Sou eu, a **Leta**. Que bom ver vocês por aqui nesta tarde! Estão passeando?

Silêncio.

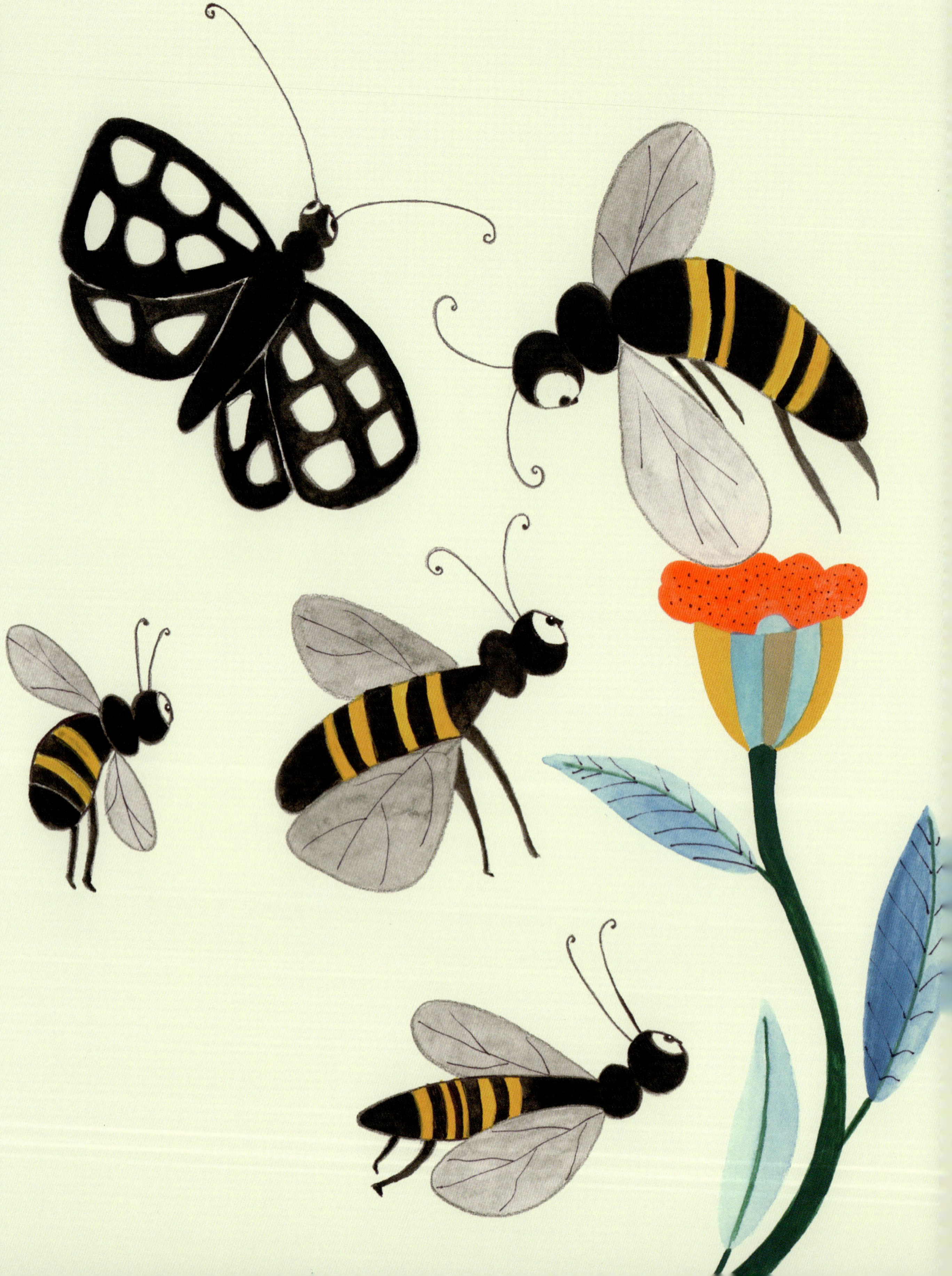

— Eiiiii, **Uga**... Tudo bem?

Silêncio.

— Aconteceu alguma coisa?

Silêncio.

— Oi, jabuti. Oi, **Uga**. Por favor, falem comigo. **Uga**, te conheço bem, quando você enfia a cabeça para dentro é porque tem alguma coisa errada. Me fala, talvez eu possa ajudar.

Silêncio diminuindo. Cantoria de grilos. Zunido de abelhas. Cabecinha de tartaruga saindo devagar de sua casa ambulante. Primeiro, sai o brilho dos olhos – nesse caso, um brilho raivoso; depois, a cabeça vai surgindo em movimento de negação.

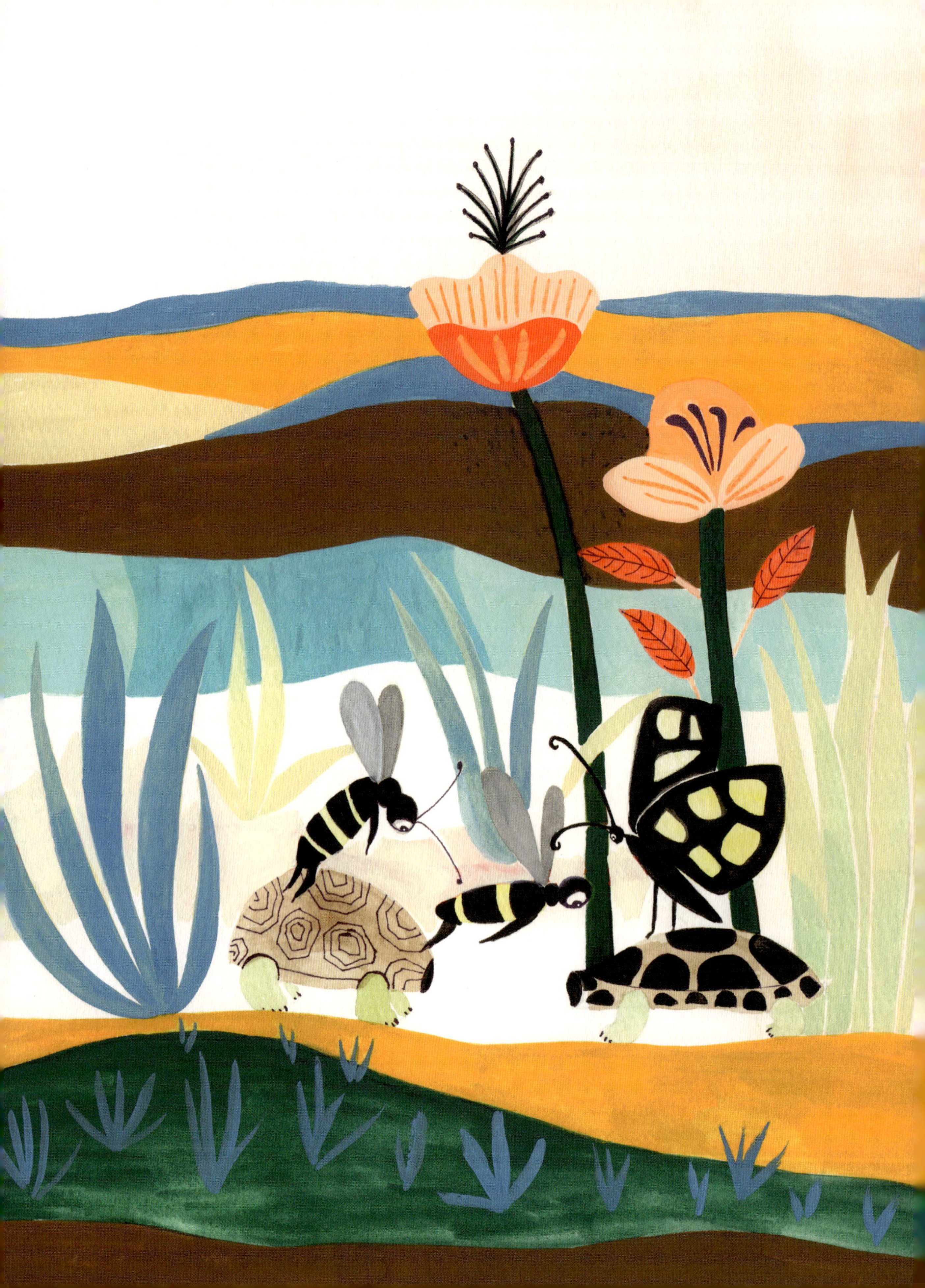

— Não pode ser! A belezinha toda esvoaçante pelo céu perguntando se aconteceu alguma coisa, como se não soubesse de nada; como se não tivesse armado tudo isso — indignou-se Uga.

— Armado o quê, gente?

— Meu Deus! — completou o jabuti, pondo a cabeça para fora com muito ódio.

— Cadê o pé de jabuticaba que você disse que era logo ali?

— Acabei de voltar de lá, Uga, é logo ali — afirmou a borboleta voando para o alto e apontando o lugar. Foi nesse instante que ela se deu conta de que seria impossível as tartarugas enxergarem do mesmo ponto de vista que o dela. No exato momento em que ela se viu flutuando no vazio do tempo e as duas pesadas tartarugas lá embaixo, sem a mínima ideia de que estavam próximas. Sim, bem próximas, mas para quem sabe voar. Foi lá de cima que Leta percebeu que elas estavam muito cansadas.

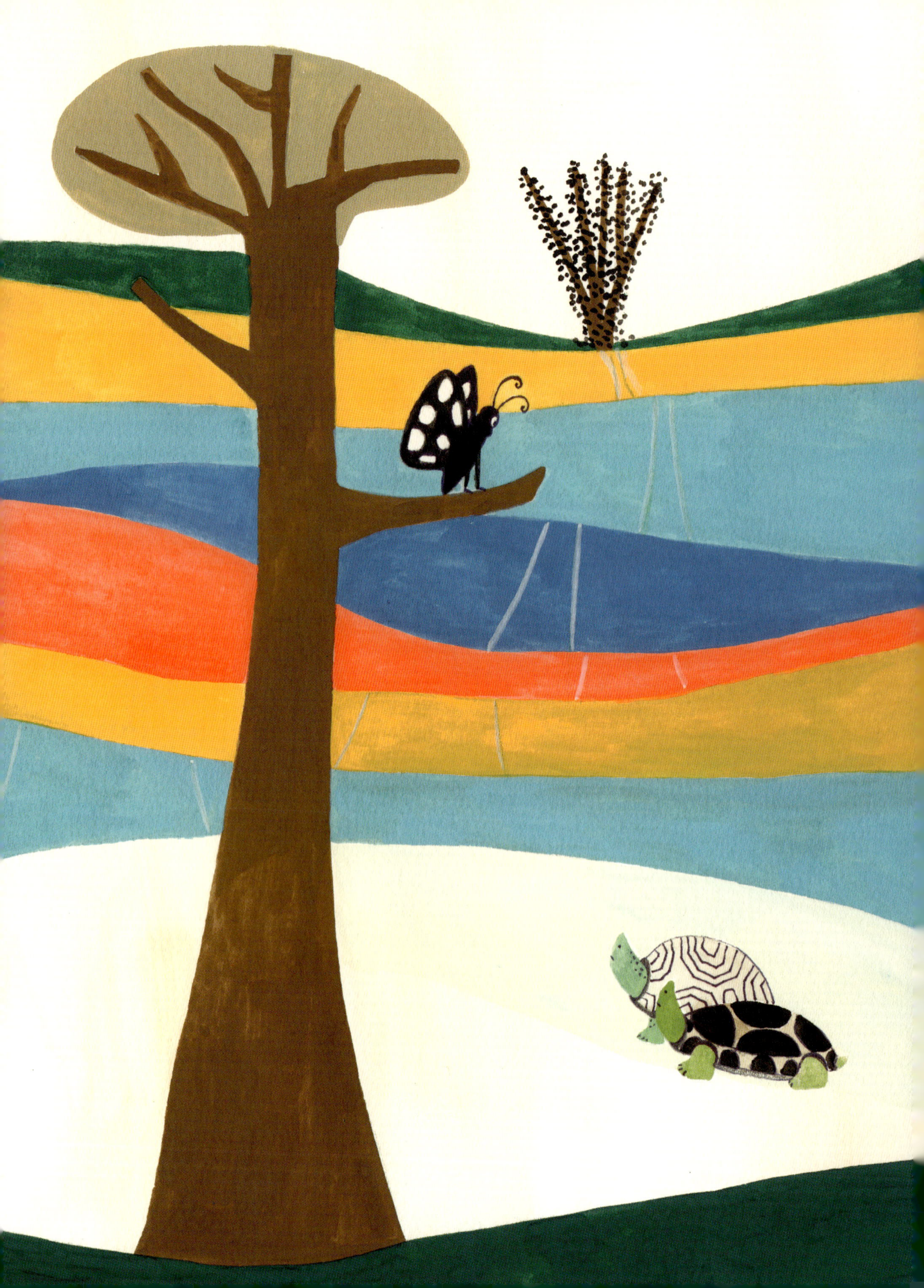

— Nossa! Como eu pude ser tão egoísta! É claro que a distância para você é diferente do que é para mim, não é, Uga?! Eu sou leve e tenho asas e vejo o mundo de outra maneira. Me desculpem, por favor! Vou buscar ajuda para vocês. Um minutinho e já volto.

Foi nesse minuto que o tempo fechou. A tarde nublou. O céu sobre as tartarugas escureceu. Pois, logo ali, naquele instante, apareceu na frente das duas amigas nada mais nada menos que uma gigantesca onça.

— Não te falei, Uga! — estremeceu Jabu, se mijando todo e se enfiando por dentro do casco.

— Meu Deus!

— Nooossaaa, mãe! O que eu fiz para merecer isso? — disse Uga, enfiando-se toda dentro de um medo maior do que o mundo.

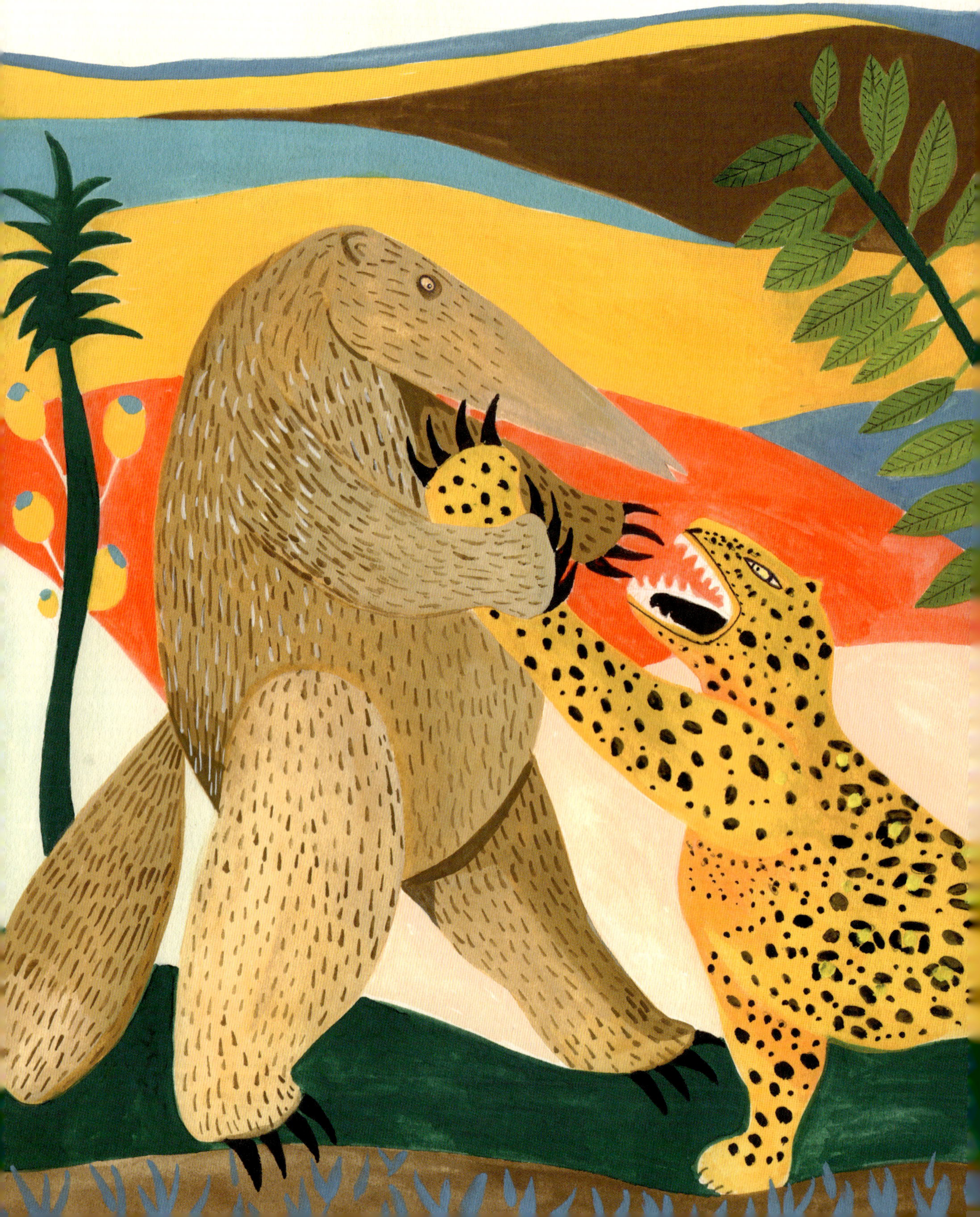

Logo, viu-se de novo a borboleta **Leta**. Em um zigue-zague muito rápido, ela sumiu e voltou novamente. Foi buscar ajuda. Veio atrás dela um enorme **tamanduá**, que imediatamente enfrentou a onça com suas garras. Foi uma peleja daquelas. Urro de um lado. Garras afiadas do outro. Rosnado de um lado. Patas firmes de tamanduá do outro. Olho no olho, dentes à mostra. Até que o tamanduá se ergue, rapidamente se agigantando, e *vupt*! Raspa suas garras no rosto da onça, que enfia o rabo entre as pernas e some floresta adentro.

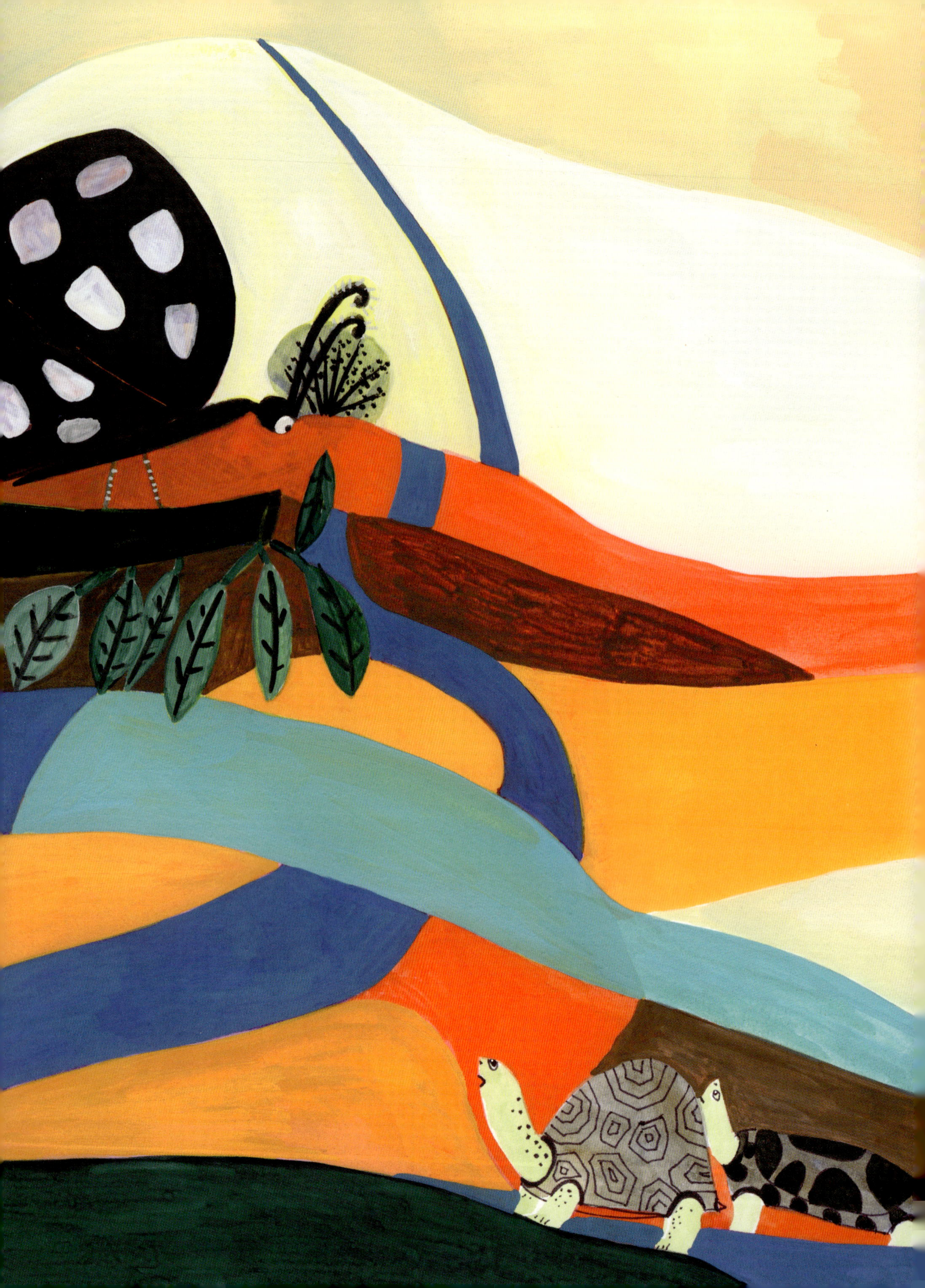

As abelhas, que voavam no céu assistindo à cena, zunem em aplauso. Uns saguis, que olhavam assustados das árvores, riem e festejam o feito do tamanduá. Foi quando os quelônios, surpresos, puseram as cabecinhas para fora.

— O que aconteceu? — perguntou Uga, com a maior surpresa do mundo.

— Meu Deus! — disse Jabu, com o casco todo molhado.

A borboleta Leta pousou perto deles e desabafou:

— Minha querida amiga Uga, querido Jabu, peço desculpas para vocês. Eu não me dei conta de que vocês não veem as coisas como eu. As distâncias, os perigos, os abrigos... O que é bom ou ruim é diferente para cada um de nós. Não temos o mesmo ponto de vista. Eu só queria ajudar e acabei pondo vocês em risco. Perdão!

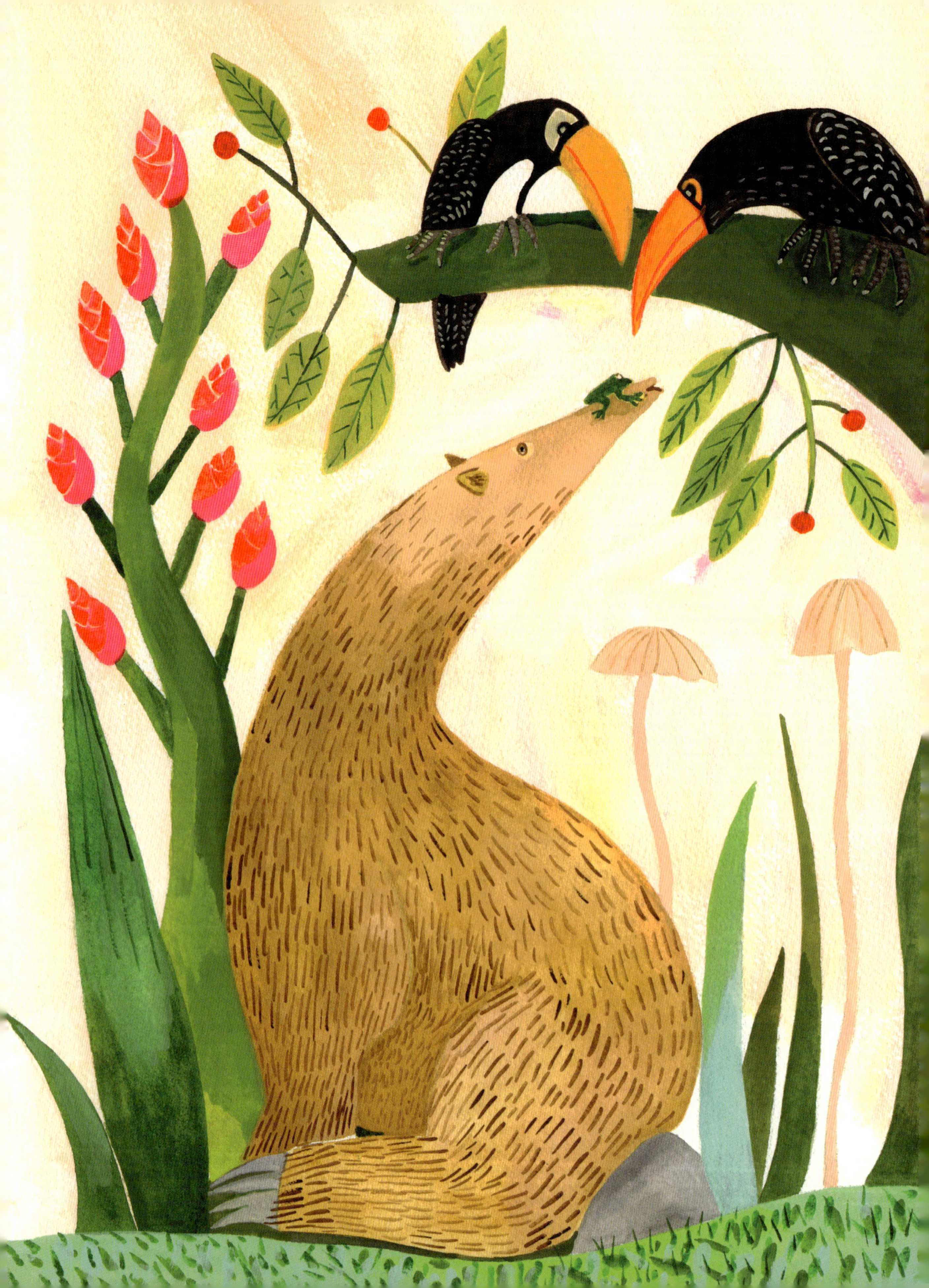

A voz da borboleta estava embargada. A dureza das tartarugas, de tanto medo e susto, levou um tempo para amolecer. Primeiro, as patas perderam a rigidez; depois a pontinha do nariz umedeceu e os olhos, agora para fora, começaram a entender tudo o que aconteceu. Então as abelhas passaram e cumprimentaram Leta. Passou um macaco pulando de um galho para outro e cumprimentou também. Foi assim que os quelônios perceberam que todos eram amigos. O medo foi se esvaindo pelos pés, e, finalmente, os dois estavam com o pescoço totalmente livre para compreender o que havia se passado. O tamanduá estava ali, firme no seu heroísmo discreto, querendo saber se eles estavam bem.

— Parabéns, tamanduá! Você foi valente — aplaudiram os saguis do alto das árvores.

— Por favor, me perdoem — insistia Leta.

— O que aconteceu, bicharada? — perguntou Uga.

— Isso se chama solidariedade — zuniu uma abelhinha, muito acostumada com essa palavra.

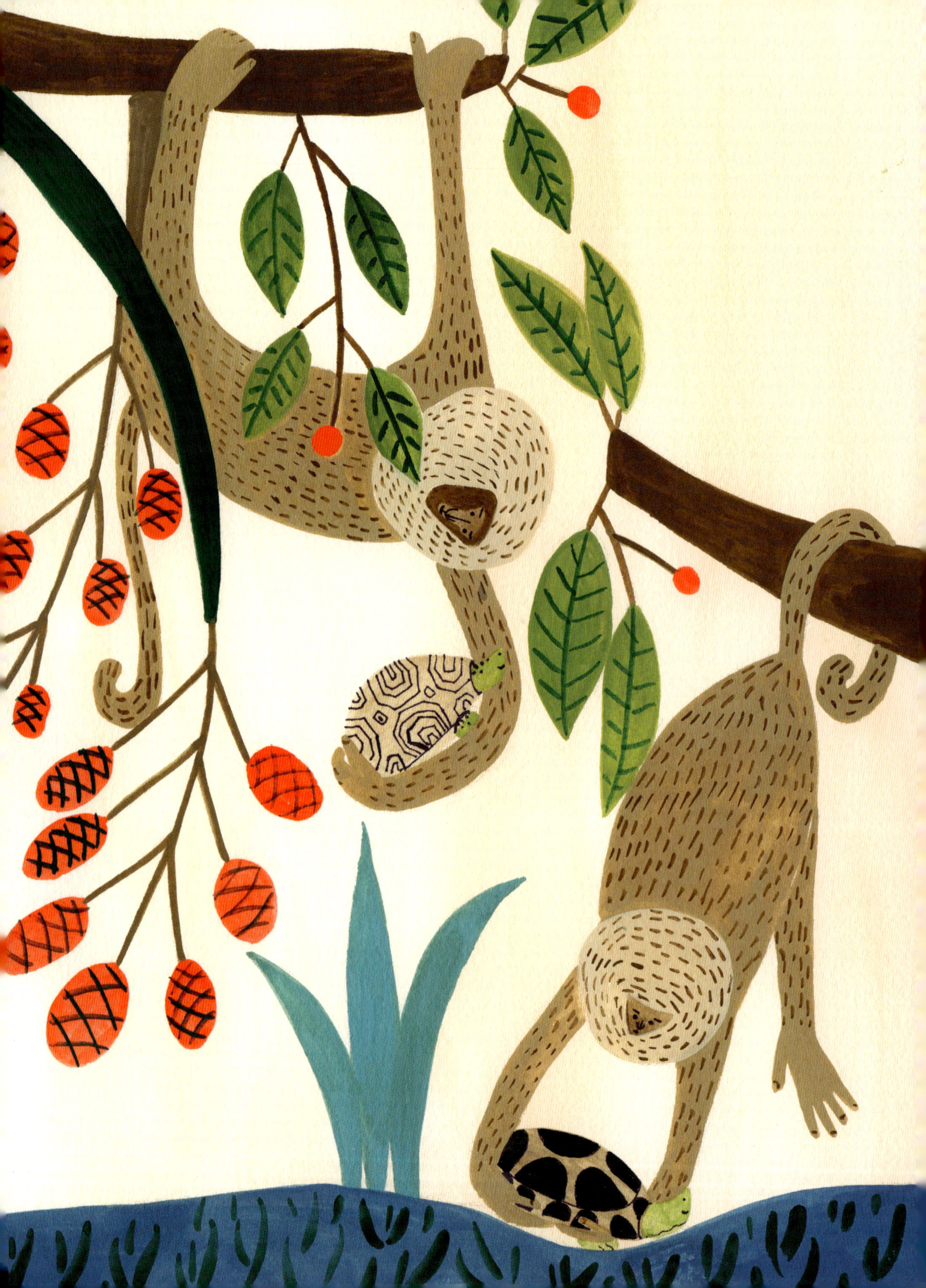

Uga olhou para Jabu. Agora tudo estava claro. Jabu olhou meio desconcertado para a borboleta Leta. Naquele momento, ele não sabia onde enfiar a cabeça de tanto que estava envergonhado. Até que os dois quase juntos falaram:

— Está perdoada, Leta. Tudo bem.

— Eu também peço perdão, Leta — disse, por fim, Jabu —, pensei que você tinha nos enganado.

— Bom, foi tudo um grande engano e um susto. — disse Leta. — Só quis ajudar.

Quando tudo se acalmou, dois macacos agarraram os quelônios amigos e, com um salto, foram parar no pé de jabuticaba, tão rápido que a tarde nem tinha se movido. Eram tantas frutinhas no chão, que logo virou uma comilança danada!

— Meu Deus! Que gostosura essa frutinha! — exclamou um feliz Jabu.

— Uma delícia! — concordou Uga, se refestelando.

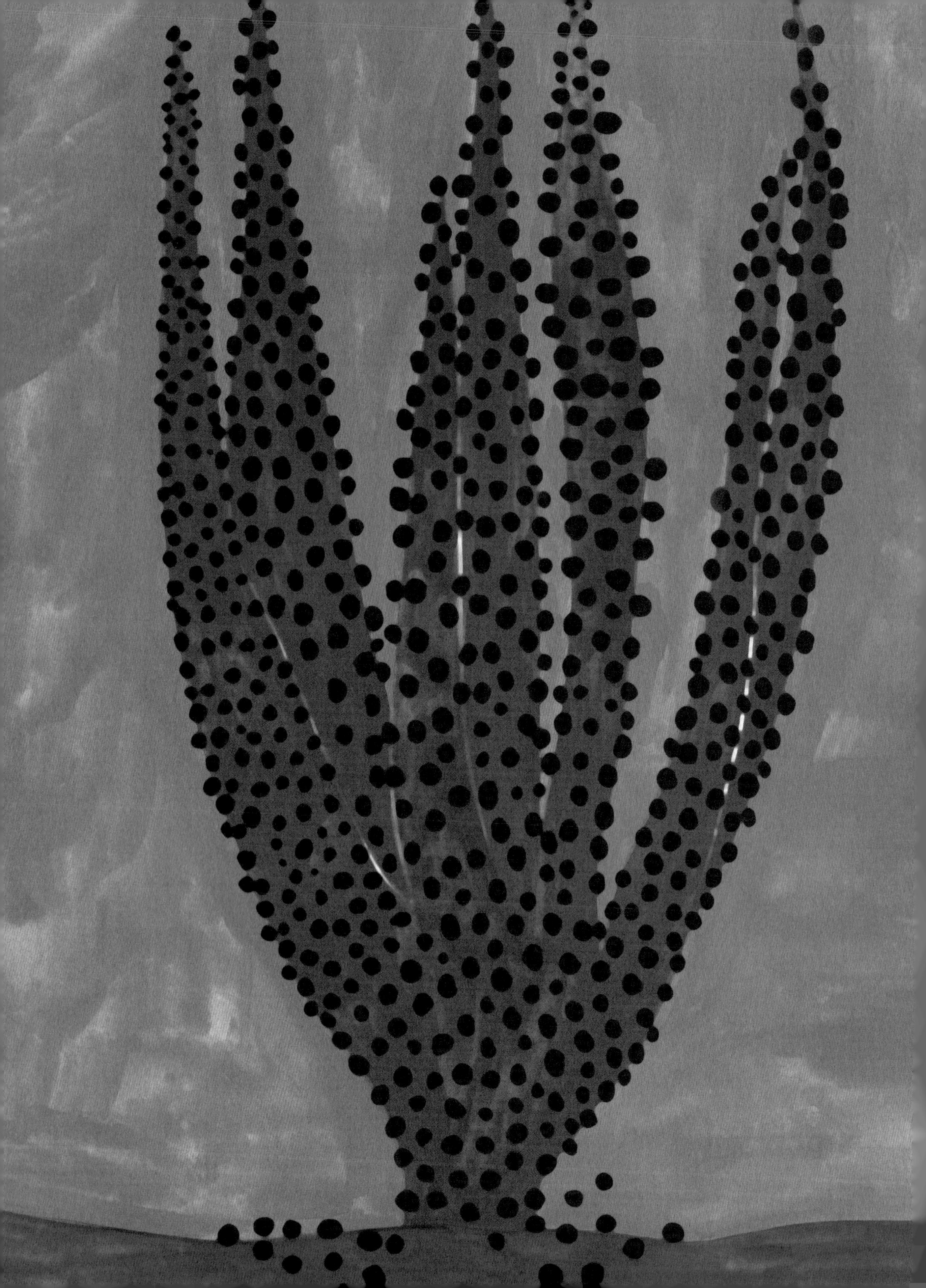

Depois do banquete, **Leta** disse:

— Pessoal, agora vou mostrar um lugar pertinho para vocês passarem a noite.

— É perto mesmo?

— Sim. Calma, eu aprendi a lição! Deem uma olhadinha atrás de vocês.

Realmente, havia um cantinho aconchegante onde eles podiam se enfiar com segurança e descansar, embalados pelas estrelas da noite. **Jabu** e **Uga** agradeceram a todos os amigos, até mesmo ao pé de jabuticaba que tinha oferecido tanta fartura.

— Boa noite, pessoal!

— Boa noite.

Com as barriguinhas cheias, seguiram para o descanso.

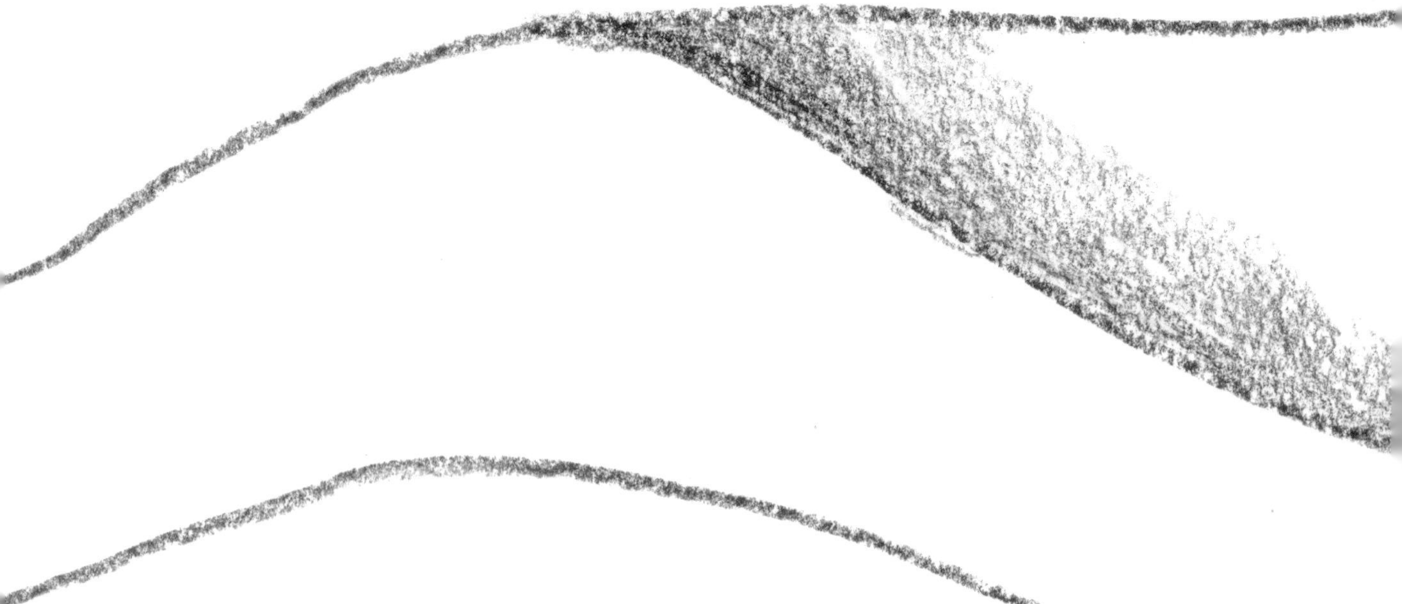

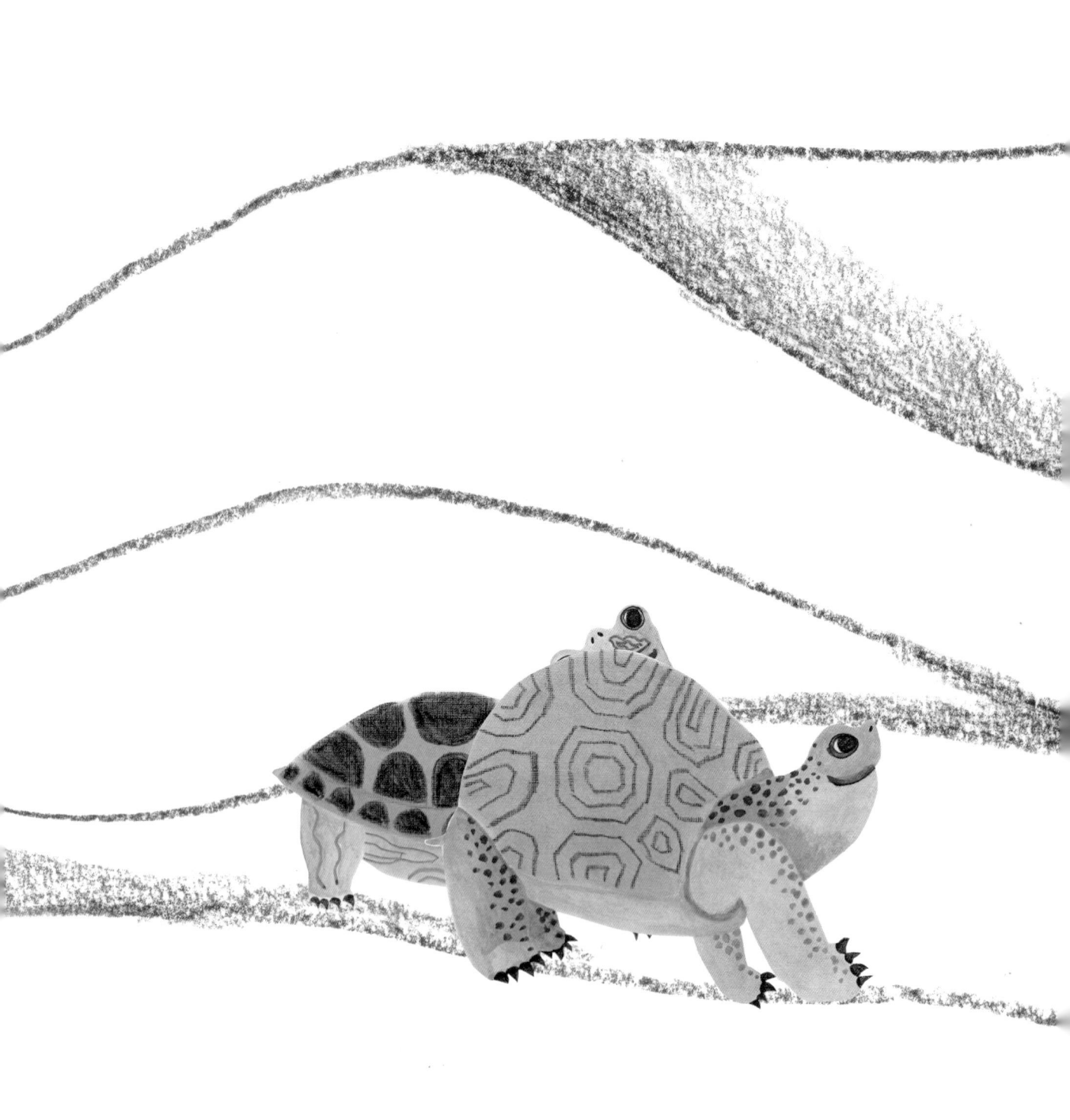

Passinho, passinho, passinho, passinho.
Passo, passo, passo, passo.

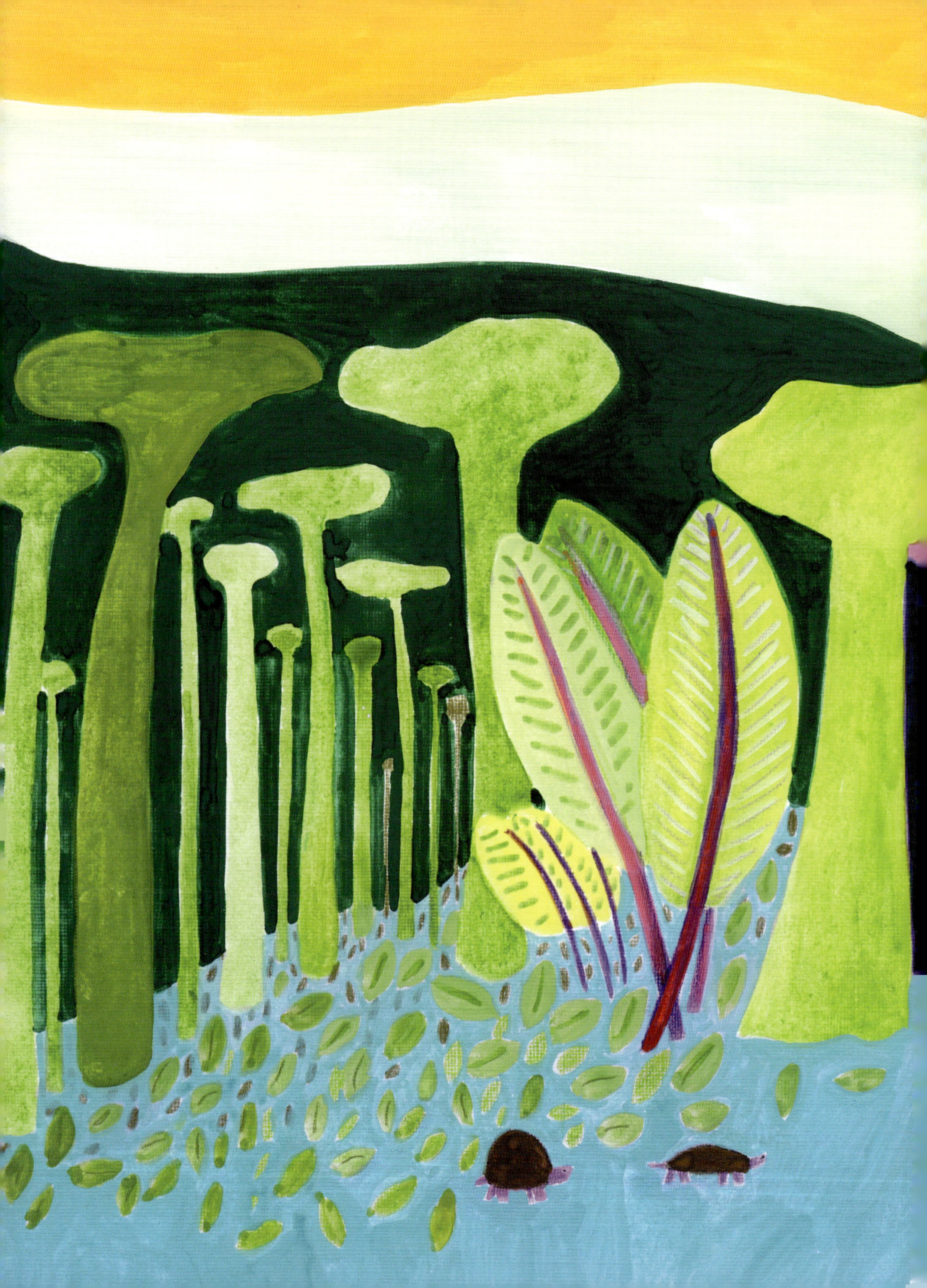

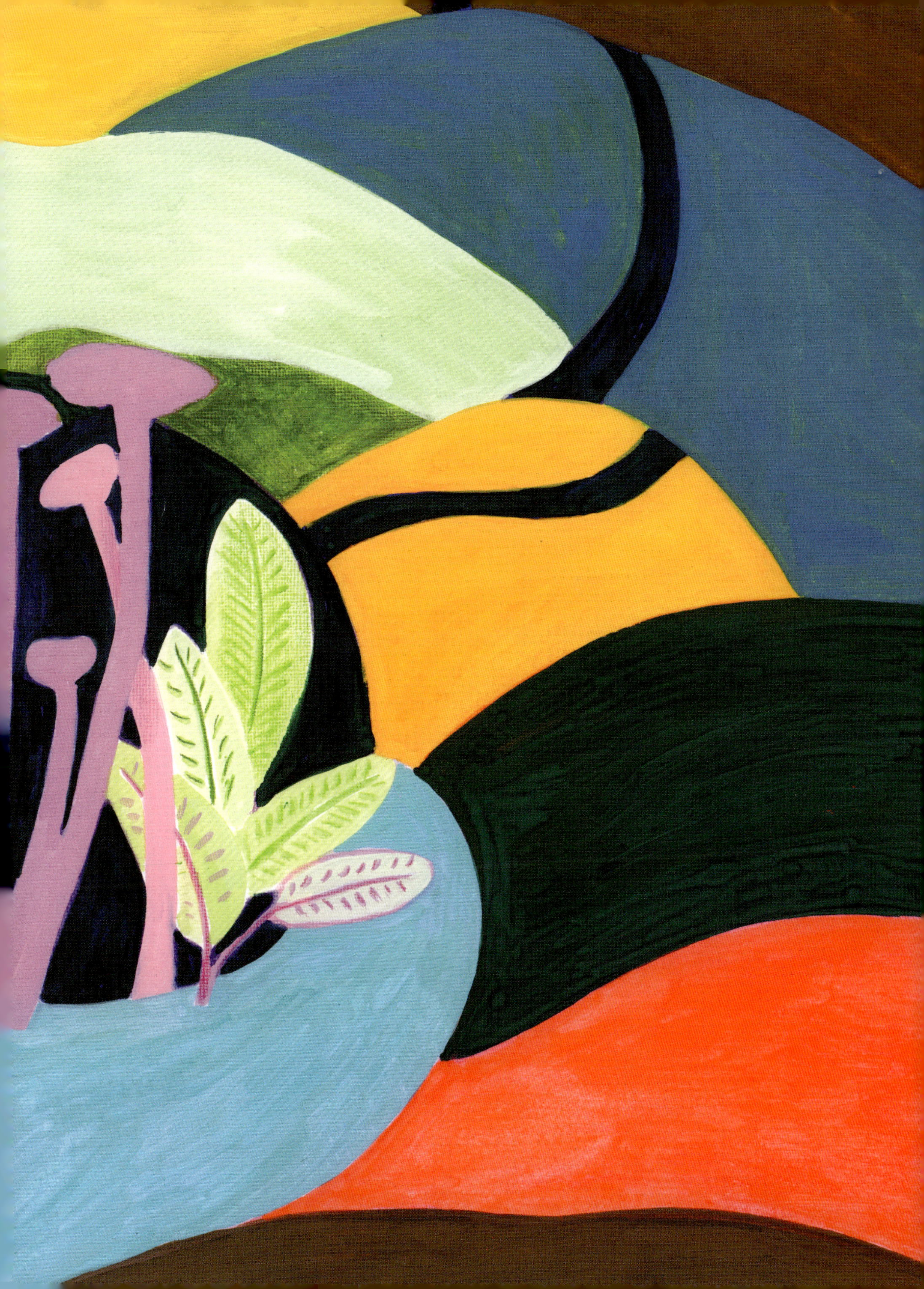

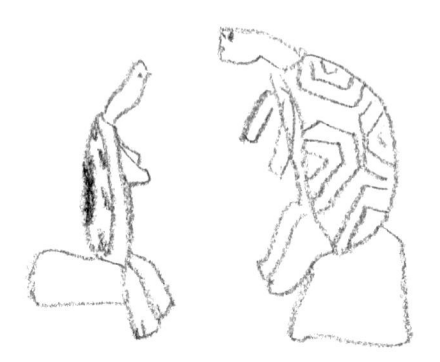

Sobre o autor

Kaká Werá Jecupé nasceu em 1964 em São Paulo. De origem tapuia, viveu com os guaranis da mata atlântica paulista nos anos 1980. Começou sua carreira no empreendedorismo social como forma de gerar sustentabilidade, promover a cultura e a diversidade dos povos indígenas. Com o tempo, expandiu esse propósito para a educação, tornando-se professor de instituições como a Fundação Peirópolis de Educação em Valores Humanos e a Universidade Internacional da Paz (Unipaz).

Em 1988, venceu um concurso de dramaturgia e recebeu o prêmio Zumbi dos Palmares, em São Paulo, com a peça *A incrível morte de Nego Treze na favela Ordem e Progresso*. Em 1994, publicou pela Fundação Phytoervas, em parceria com o Instituto Arapoty, o antológico livro *Oré awé roiru'a ma: todas as vezes que dissemos adeus*, considerado precursor da literatura indígena no Brasil e depois publicado pela editora Triom em inglês.

Pela Editora Peirópolis, publicou os livros: *A terra dos mil povos*, *As fabulosas fábulas de Iauaretê* e *Tupã Tenondé*, obra que traz a cosmovisão da cultura guarani. Por suas obras, Kaká ganhou prêmios e tornou-se uma importante referência da literatura indígena.

Sobre a ilustradora

Taisa Borges é artista plástica de formação, ilustradora e autora. Estudou pintura na Beaux Arts e estilismo de moda no Studio Berçot, ambas em Paris, na França. Após trabalhar com moda, encontrou-se na literatura infantil, à qual se dedica desde 1990, tendo ilustrado oitenta livros. De sua autoria, publicou sete livros de imagem e uma HQ. Em 2006, recebeu o prêmio O Melhor Livro de Imagem pela Fundação Nacional do Livro Infantil e Juvenil (FNLIJ). Foi indicada três vezes ao Prêmio Jabuti e nomeada finalista do prêmio HQMix. Sua arte fez parte da exposição Brazil: Countless Threads Countless Tales, com curadoria da FNLIJ, na Feira Internacional do Livro Infantil de Bolonha, que viajou por diversos países da Europa representando o Brasil. Participou da Bienal de Ilustração de Bratislava nos anos de 2019, 2021 e 2023. Seu trabalho também pode ser conhecido no *site*: http://taisaborges.com.

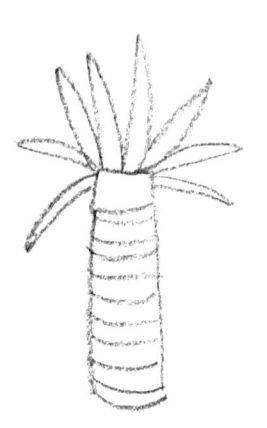

coleção
FABULOSAS FÁBULAS

Tradicionalmente, a fábula é definida como uma narrativa curta, cujos protagonistas são animais e mesmo outros seres que agem como pessoas, e tem como função: emocionar, divertir e instruir. Na literatura, considera-se Esopo, um autor da Grécia Antiga, como o iniciador desse gênero. No entanto, as culturas dos povos originários das Américas, e particularmente do Brasil, têm suas próprias estruturas narrativas fabulares, que se fazem presentes tanto entre as comunidades indígenas atuais como no que se convencionou considerar o folclore brasileiro.

A partir delas é que nasceu a ideia da Coleção Fabulosas Fábulas, que tem como propósito estimular, nessa linha de gênero, a reflexão de temas ligados a valores humanos, povos originários e ecologia.

Copyright © 2023 Kaká Werá Jecupé
Copyright ilustrações © 2023 Taisa Borges

Editora
Renata Farhat Borges

Editora assistente
Ana Carolina Carvalho

Ilustrações
Taisa Borges

Produção editorial
Anna Carolina Garcia

Revisão
Mineo Takatama

Diagramação
Simone Riqueira
Elis Nunes

Dados Internacionais de Catalogação na Publicação (CIP) de acordo com ISBD

J44u	Jecupé, Kaká Werá
	Uga: a fantástica história de uma amizade daquelas / Kaká Werá Jecupé ; ilustrado por Taisa Borges. - São Paulo : Peirópolis, 2023.
	64 p. ; 20cm x 26cm. – (Fabulosas fábulas)
	ISBN: 978-65-5931-247-4
	1. Literatura infantojuvenil. I. Borges, Taisa. II. Título. III. Série.
2023-1064	CDD 028.5
	CDU 82-93

Elaborado por Vagner Rodolfo da Silva - CRB-8/9410
Índice para catálogo sistemático:
1. Literatura infantojuvenil 028.5
2. Literatura infantojuvenil 82-93

1ª edição, 2023 – 1ª reimpressão, 2023

Também disponível nos formatos digitais
ePub (ISBN 978-65-5931-248-1) e KF8 (ISBN 978-65-5931-251-1)

Editora Peirópolis

Editora Peirópolis Ltda.
Rua Girassol, 310f - Vila Madalena
05433-000 – São Paulo – SP – Brasil
tel.: (11) 3816-0699 | cel.: (11) 95681-0256
vendas@editorapeiropolis.com.br
www.editorapeiropolis.com.br

FSC
www.fsc.org
MISTO
Papel | Apoiando o manejo florestal responsável
FSC® C044162